Das Märchen vom Murmeltier

LAMBERT SCHNEIDER

Am besten lesen. *Am besten lesen.* *Am besten lesen.*

Clemens Brentano

Das Märchen vom Murmeltier

Mit Illustrationen von Fritzi Löw

Herausgegeben und eingeleitet von
Wolfgang Bunzel

Die Deutsche Nationalbibliothek verzeichnet diese Publikation
in der Deutschen Nationalbibliografie;
detaillierte bibliografische Daten sind im Internet über
http://dnb.d-nb.de abrufbar.

Der Lambert Schneider Verlag ist ein Imprint der WBG
(Wissenschaftliche Buchgesellschaft), Darmstadt.

Die Herausgabe des Werkes wurde durch
die Vereinsmitglieder der WBG gefördert.
Umschlaggestaltung: Peter Lohse, Heppenheim
Gedruckt auf säurefreiem und alterungsbeständigem Papier
Printed in Germany

Besuchen Sie uns im Internet: www.lambert-schneider-verlag.de

ISBN: 978-3-650-25207-4

Elektronisch sind folgende Ausgaben erhältlich:
eBook (PDF): 978-3-650-73027-5
eBook (epub): 978-3-650-73028-25

Wolfgang Bunzel

Die erotische Verführerin Loreley als hilfreiche Fee

Clemens Brentanos *Märchen vom Murmeltier*

Märchen, in denen böse Stiefmütter und neidische Stiefschwestern vorkommen, gibt es viele. Die wohl bekanntesten sind die Geschichten von Aschenbrödel und Frau Holle. Auch in Clemens Brentanos (1778–1842) *Märchen vom Murmeltier* wird die als „faule Haut" beschimpfte und deshalb abschätzig „Murmeltier" genannte Hauptfigur – eine Prinzessin von Burgund, die als Neugeborenes ihrer Mutter geraubt worden ist – von ihren vermeintlichen Angehörigen immer wieder aufs Neue drangsaliert und gequält: Sie muss „waschen, Feuer machen, Stube und Stall kehren, [...] die [Schaf-] Herde führen [...] und alle Abend den abgesponnenen Rocken und einen ganzen Korb voll Erdbeeren nach Hause bringen". Hat sie ihre Aufgaben nicht zu voller Zufriedenheit erfüllt, lässt man sie hungern und auf dem bloßen Fußboden schlafen. Dabei ist „Murmeltier" von ihrem Wesen her grundgütig, altruistisch und obendrein fähig, anderen zu verzeihen. Weil sie einem feenhaften Wesen bei der Suche nach einer Übernachtungsmöglichkeit hilft, wird sie reich beschenkt. Dies wiederum erregt den Neid der Verwandten, die sich sofort der fremden Gaben bemächtigen und, von Gier getrieben, sich weitere aneignen wollen, was aber nicht gelingt. Während „Murmeltier" Zauberutensilien erhält und mit Hilfe von freundlichen Helfern in Gestalt von guten Elementargeistern und hilfsbereiten Tieren alle Aufgaben, die ihr gestellt werden, lösen kann, gelingt das der bösen Schwester nicht, wodurch sie nur noch hasserfüllter und rachsüchtiger wird. Als ein reicher Prinz „Murmeltier" mit auf sein Schloss nimmt, denken sich Stiefmutter und Stiefschwester eine weitere Intrige aus, bei der das Opfer jedoch durch glücklichen Zufall verschont bleibt und statt dessen die beiden Widersacherinnen den Tod finden.

Das Handlungsgerüst seiner Geschichte entnahm Brentano einer handschriftlichen Sammlung von Texten, welche die Brüder Grimm in seinem Auftrag angelegt hatten. Die Idee, volkstümlich tradierte, märchenhafte Geschichten zusammen zu tragen, war nämlich ursprünglich von ihm und seinem Freund Achim von Arnim ausgegangen, die ihrer unter dem Titel *Des Knaben Wunderhorn* (1805/08) veröffentlichten Anthologie „alter deutscher Lieder" einen Band mit „alten mündlich überlieferten Sagen und Mährchen" (FBA 8, S. 348) folgen lassen wollten. Die Studenten Jacob und Wilhelm

Grimm erboten sich, bei diesem Vorhaben behilflich zu sein, und begannen ab 1806 damit, Märchen aufzuzeichnen – einige davon in ausführlicher Form, andere nur als kurze Inhaltsexzerpte. Einer dieser Texte war die Geschichte vom Murmeltier, die freilich nicht zum deutschen Volksgut gerechnet werden kann, sondern vielmehr auf einer klar benennbaren literarischen Quelle basiert: der Erzählung *Die Wasser-Nymphen oder Wasser-Nixen* (*Les Nayades*) aus dem 1740/41 erstmals erschienenen Feenroman *Die junge Amerikanerinn, oder Verkürzung müssiger Stunden auf dem Meere* (*La jeune Ameriquaine et les contes marins*) von Gabrielle-Suzanne Barbot de Villeneuve. Brentano kannte diese Zusammenhänge und bediente sich sowohl der verkürzten Version, die Jacob Grimm sich notiert hatte, als auch der Romanvorlage selbst, die er wahrscheinlich in deutscher Übersetzung benutzte.

Zu einem neuen und eigenständigen Werk wird seine Erzählung aber erst dadurch, dass der Autor darin eine von ihm selbst geschaffene Kunstfigur auftreten lässt: die Loreley. Diese Gestalt begegnet erstmals in dem Roman *Godwi* (1801), und zwar in einer Ballade, die folgendermaßen beginnt:

> Zu Bacharach am Rheine
> Wohnt eine Zauberin,
> Sie war so schön und feine
> Und riß viel Herzen hin.

Und brachte viel zu schanden
Der Männer rings umher,
Aus ihren Liebesbanden
War keine Rettung mehr. (FBA 16, S. 535)

Hier ist die „Lore Lay" eine verführerische junge Frau, die mit ihrer außerordentlichen Schönheit den Männern – ohne es zu wollen – die Köpfe verdreht, selbst aber, da sie von ihrem Liebsten betrogen worden ist, aus Verzweiflung den Tod sucht. Basierend auf Brentanos Gedicht hat Heinrich Heine dann eine eigene Ballade geschaffen („Ich weiß nicht, was soll es bedeuten …"), die spätestens nach ihrer sentimentalen Vertonung durch Friedrich Silcher (1837) weltbekannt geworden ist und die Loreley zur Ikone der Rheinromantik werden ließ.

Brentano freilich verändert das Bild der Figur in eine ganz andere Richtung: Stürzt die „Lore Lay" in der *Godwi*-Ballade am Ende in den Rhein und hinterlässt nur noch ein Echo:

Und immer hats geklungen
Von dem drei Ritterstein:
  Lore Lay
  Lore Lay
  Lore Lay
Als wären es meiner drei. (FBA 16, S. 539)

begegnet „Frau Lureley“ im *Märchen vom Murmeltier* als Wasserfräulein, das gemeinsam mit „Frau Echo“ in einem tief im Rhein verborgenen unterirdischen Schloss am Fuß des Lureleyfelsens bei St. Goar wohnt. Anders als die „Lore Lay“ ist sie nicht nur schön, sondern auch „gut“ und „lieb“. Brentano korrigiert also im Märchen nachträglich den Charakter seiner wohl berühmtesten Dichtungsgestalt und nimmt dem Handlungsverlauf seine Tragik.

Einzelheiten über den Werdegang der „Frau Lureley“ erfährt man freilich nur aus der Rahmenerzählung der *Märchen vom Rhein*, innerhalb der das *Märchen vom Murmeltier* eine Binnengeschichte ist. Clemens Brentano unterscheidet sich von anderen Verfassern von Kunstmärchen vor allem dadurch, dass er seine wunderbaren Erzählungen stets in zyklischer Form angelegt hat. So beschloss er zunächst, die insgesamt 50, von einem Rahmenmärchen zusammengefassten Texte der ältesten europäischen Märchensammlung, Giambattista Basiles *Pentamerone*, ins Deutsche zu übertragen und dabei „für [...] Kinder zu bearbeiten“ (an Achim von Arnim, 23. Dezember 1805). Als die ersten fertig waren, entwickelte er einen noch viel ehrgeizigeren Plan und projektierte einen eigenen Märchenzyklus, der am Rhein als dem deutschen Nationalstrom spielt und der um einen Handlungsfaden gewoben ist, der die Zeit von der Entstehung der Welt bis zum späten Mittelalter umspannt. Wie der Autor sich das Verhältnis von Rahmenerzählung und Binnenmärchen gedacht hat, geht aus einem Brief an den Verleger Georg Andreas Reimer vom 26. Februar 1816 hervor: „Durch ein mährchenhaftes Geschick gerathen alle Kinder der Stadt Mainz und auch die Kronprinzessin Ameleya in die Gewalt [...] des alten Flußgottes Rhein und wohnen bei ihm in einem gläsernen Haus. Ein Müller von feenhafter Abkunft wird der Bräutigam der Prinzessin und König von Mainz, nun sitzt er auf seinem Thron vor den Bürgern immer Morgens am Fluß, und da werden Mährchen erzählt, denn der alte Flußgott hat sich erboten, jedes einzelne Kind gegen ein an seinem Ufer erzähltes Mährchen herauszugeben. [...] Die erste Erzählung womit der König seine Braut selbst von dem Rheine auslöst, eröffnet die Mährchenreihe [...], nun erzählt ein armer Fischer ein Mährchen, Murmelthierchen, um sein geliebtes Kind [...] auszulösen".

Das *Märchen vom Murmeltier* ist also die zweite Binnengeschichte des beliebig und tendenziell unendlich fortsetzbaren Erzählzyklus, von dem außer dem Rahmen nur drei weitere Texte fertig geworden sind, der aber schon in dieser Form die Länge eines Romans aufweist. Dargeboten wird es im Gegensatz zu Brentanos Ankündigung indes nicht vom Fischer selbst, sondern von seiner Frau Marzipille – und die wiederum erweist sich als die Hauptfigur der ganzen Geschichte, war sie doch in ihrem früheren Leben das „Murmeltier" bzw. die Prinzessin von Burgund. Brentano weicht in diesem Punkt erkennbar von der Märchentradition ab. Das Geschehen wird nicht mehr, wie sonst bei Märchen üblich, von einer allwissenden, außerhalb des Erzählzusammenhangs stehenden Instanz mitgeteilt, sondern die Erzählerin hat alles selbst erlebt und berichtet nun rückblickend aus zeitlicher Distanz. Und nur weil Marzipille nicht länger das „Murmeltier", aber auch nicht mehr die Königin von Burgund ist, kann sie das Vorgefallene objektivierend vortragen und von sich in der Er-Form erzählen. Erzählend wird sie damit zur aktiven Gestalterin des Geschehens und verarbeitet bzw. überwindet ihre Vergangenheit.

Der Fischer, den Brentano in seinem Brief erwähnt, spielt freilich ebenfalls eine wichtige Rolle, ist er doch der Grund dafür, dass Marzipille nicht mehr in Frankreich, sondern am Rhein lebt, und nicht mehr als Königin regiert, sondern die Existenz einer einfachen Fischersfrau führt. Wie Marzipille selbst war auch der Fischer früher ein anderer. Allerdings wurde er für seine Menschenliebe bestraft und in einen Biber verwandelt. In dieser Gestalt hilft er „Murmeltier", die ihm aus Dankbarkeit und Mitgefühl seine Menschengestalt zurück gibt und ihn schließlich sogar heiratet, was ihn zum König von Burgund macht. Damit könnte das Märchen eigentlich enden. Brentano aber führt es weiter und gibt der Geschichte noch einmal eine neue, unvermutete Wendung. Als nämlich ein benachbarter Regent – ganz wie im wirklichen Leben – dem Königspaar den Thron streitig machen will, verzichtet es auf die Herrscherwürde und siedelt sich als einfache Fischersleute in Mainz an. Mit diesem ungewöhnlichen Happy end stellt Clemens Brentano die herkömmliche Märchenlogik auf den Kopf: Nicht Reichtum und sozialer Rang machen Glückseligkeit aus, sondern einzig die Verbundenheit mit einem liebenden Gegenüber. Sein Fazit lautet: Letztlich gehören Bedürfnislosigkeit und Bescheidenheit zu den wichtigsten menschlichen Tugenden, und nur wer entsprechend lebt, kann tatsächlich glücklich und zufrieden sein.

Doch noch in anderer Hinsicht hält sich der Autor nicht an die Konventionen märchenhaften Erzählens. In volkstümlich tradierten Märchen wird man nämlich vergebens nach ironischen Elementen suchen. Anders bei Brentano: Er gestaltet eine Passage seines Textes zur Personalsatire um, indem er dem menschenfeindlichen Müller der Vorlage den Namen „Voß" gibt. Damit spielt er auf den seinerzeit berühmten Philologen und Übersetzer der homerischen Epen Johann Heinrich Voß an, der wenige Jahre vor Entstehung der *Märchen vom Rhein* als Gegner der Romantiker aufgetreten war und diese wiederholt öffentlich attackiert hatte. Brentano nun revanchierte sich, indem er Voß als griesgrämigen und pedantisch um die Reinheit deutscher Sprache bemühten, einsiedlerischen Kauz porträtiert, der auch im gewöhnlichen Leben mit gewählten Worten und in Hexametern, dem Versmaß der antiken Epen, spricht: „Wer hat dich gelehrt, unangemeldet zu treten ins gastfreie Haus, glänzt der Hammer doch blank gescheuert am reinlichen Tore".

Wirkt hier die Diktion komisch, weil die Rede in ein starres metrisches Gerüst eingezwängt wird, zeigt Brentano andernorts, wie musikalisch Sprache gehandhabt werden kann. Als der Ritter Conrad mit dem „Murmeltier", seiner leiblichen Schwester, zusammentrifft, geht die Unterhaltung beider unvermittelt in Reimzeilen über, und der erzählende Bericht erscheint in Versform. In der handschriftlich überlieferten Fassung dieser Passage hat Brentano sogar auf das Mittel der Zeilenbrechung verzichtet, so dass die Märchensprache rhythmisiert erscheint und eine Anreicherung mit Binnenreimen erfährt. Auf diese Weise verwandelt er die nüchterne Prosa in verkappte Versrede und erzeugt so auch auf der sprachlichen Ebene ein poetisches Ambiente. Aus dem Märchenbericht wird mit einem Mal eine lyrische Dichtung.

Die in Wien geborene, aus jüdischem Elternhaus stammende Fritzi – eigentlich Friederike bzw. Frieda – Löw (1891–1975), verheiratete Lazar, war im frühen 20. Jahrhundert eine anerkannte Buchillustratorin, Grafikerin und Designerin mit „hohem Bekanntheitsgrad" (Ladnar, S. 71). Nachdem sie von 1907 bis 1910 erst die Kunstschule für Frauen und Mädchen in Wien besucht und von 1912 bis 1916 ihr Studium an der Wiener Kunstgewerbeschule absolvierte hatte, war sie in den Jahren 1916 bis 1921 Mitarbeiterin bei den Wiener Werkstätten für die Bereiche „Mode, Schmuck und Accessoires“ sowie „Holz und Diverses“. In dieser Zeit schuf sie nicht nur „ca. 50 [Kunst-]Postkarten“ (Ladnar, S. 71), sondern lieferte auch Entwürfe für Stoffmuster, Schmuckstücke, Keramiken, Porzellan und Glasarbeiten. Bereits als Studentin kam sie in Kontakt mit dem angesehenen Wiener Kunstverlag von Anton Schroll & Co., für den sie ab 1914 diverse Bücher illustrierte, darunter Märchen von Wilhelm Hauff (1918) und Hans Christian Andersen (1922) sowie Werke der deutschsprachigen Literatur (Brentano, Mörike, Keller, Grillparzer, Stifter). Großen Anklang gefunden haben besonders die kleinformatigen Pappbändchen im Format 8,5 × 11 cm aus der mit farbigen Originallithographien und schmückenden Vorsatzpapieren ausgestatteten Reihe „Künstlerische Liebhaberausgaben“, in der auch das *Märchen vom Murmeltier* erschien.

Eine besondere Vorliebe hegte Löw für die Kultur der von vielen Wiener Künstlern um 1900 sehr geschätzten Rokoko-Zeit. Es ist daher kein Zufall, dass sie 1921 für einen *Das süße Gift der Sünde. Eine Arznei für alle, so ihrer bedürfen, kredenzt in schönen Gefässen des 18. Säkulums* betitelten Sammelband mit Gedichten galanter und anakreontischer Autoren Abbildungen lieferte. Die Orientierung an der verspielten Ästhetik des Rokoko wird aber schon in ihrer frühesten Buchveröffentlichung deutlich: den insgesamt 16 Lithographien, die sie 1914 für drei Märchen Clemens Brentanos geschaffen hat. Die erst 23-jährige Löw versetzt dessen Figuren in eine höfisch-pittoreske Welt, die dem Geschehen das Unheimliche und Wunderbare nimmt. Das kleine Format der Illustrationen hat zur Folge, dass das Dargestellte spielzeugartig erscheint; man meint geradezu in eine Kinderfantasie einzutreten. Die durchweg flächig gestalteten Figuren wirken wie ausgeschnitten und sind in guckkastenartige Szenen ohne wirkliche räumliche Tiefe gestellt. Durch die Verwendung zarter Pastelltöne (im Original) und einer verspielten Pünkteltechnik entstehen idyllisch wirkende Miniaturen einer vergangenen Epoche, welche die farbigen Rahmenschraffuren vollends zum eidyllion, zur Bildidylle werden lassen. Es verwundert denn auch nicht, dass der bibliophile Band, dem die hier präsentierten sieben Illustrationen zum *Murmeltier*-Märchen entnommen sind, seinerzeit so erfolgreich war, dass er 1918 erneut aufgelegt wurde und 1924 sogar die vierte Auflage erlebte.

Literatur

Clemens Brentano: Sämtliche Werke und Briefe. Historisch-kritische Ausgabe, veranstaltet vom Freien Deutschen Hochstift […] [= FBA]. Bd. 8: Des Knaben Wunderhorn III. Hrsg. von Heinz Rölleke. Stuttgart/Berlin/Köln/Mainz 1977; Bd. 16: Prosa I – Godwi oder Das steinerne Bild der Mutter. Ein verwilderter Roman von Maria. Hrsg. von Werner Bellmann. Stuttgart/Berlin/Köln 1978; Bd. 17: Prosa II – Die Mährchen vom Rhein. Hrsg. von Brigitte Schillbach. Stuttgart/Berlin/Köln/Mainz 1983.

Andreas Kraß: Meerjungfrauen. Geschichten einer unmöglichen Liebe. Frankfurt a. M. 2010.

Ulrike Ladnar: Frieda Löw-Lazar (Fritzi Löw) – Modeentwürfe, Buchillustrationen und Exlibris. In: Deutsche Exlibris-Gesellschaft (DEG) Jahrbuch, 2007, S. 71–86.

Peter Lentwojt: Die Loreley in ihrer Landschaft: romantische Dichtungsallegorie und Klischee. Ein literarisches Sujet bei Brentano, Eichendorff, Heine und anderen. Frankfurt a. M./Berlin/Bern/New York/Paris/Wien 1998 (= Europäische Hochschulschriften I/1664).

Die älteste Märchensammlung der Brüder Grimm. Synopse der handschriftlichen Urfassung von 1810 und der Erstdrucke von 1812. Hrsg. und erläutert von Heinz Rölleke. Cologny-Genève 1975.

Heinz Rölleke: Die Hauptquelle zu Brentanos *Märchen vom Murmelthier*. In: Jahrbuch des Freien Deutschen Hochstifts 1979, S. 237–247.

Der „75 Jahre"-Almanach des Verlages Anton Schroll & Co. in Wien 1884–1959. Wien/München 1959.

Werner J. Schweiger: Wiener Werkstätte. Kunst und Handwerk 1903–1932. Augsburg: Weltbild Verlag GmbH 1995 [S. 264 f.: Fritzi Löw].

Clemens Brentano

Das Märchen vom Murmeltier

Frau Lureley, die gute und schöne Wasserfrau, reiste über Land, und als sie in Hessen ins Gebirg und in den wilden Wald kam, neigte sich die Sonne schon zu ihrem Untergang, und immer hatte sie noch keinen Brunnen gefunden in dem sie übernachten konnte. Sie war daher etwas besorgt und legte sich dann und wann auf die Erde, um zu lauschen, ob sie nicht einen Brunnen murmeln höre.

Als sie auch einmal so lauschte, hörte sie das Getrappel von einer Herde Schafe und eilte nun nach der Gegend zu, wo das Geräusch erschallte, weil sie wohl wußte, daß die Hirten sich in der Nähe der Brunnen gerne aufhalten. Nicht lange ging sie noch durch den Wald, als eine schöne Wiese vor ihr lag, worauf eine kleine Herde weidete; da sie aber hervortrat, stürzten die Schafe, durch ihre Erscheinung erschreckt, nach der andern Seite der Wiese dem Walde zu, und zugleich sah sie ein junges Hirtenmädchen der Herde nacheilen, um sie zurückzuhalten. Die Hirtin hatte ein schwarzes Röckchen an, ihr Mieder war rot, ihre Haube auch schwarz, und ihre Haare hingen ihr in zwei langen blonden Zöpfen die Schultern herab, und während sie lief, spann sie ängstlich an einem Rocken. Endlich hatte sie die Herde wieder gesammelt, und da sie nun die schöne Wasserfrau erblickte, welche einen blauen, mit Silber durchwirkten Rock an hatte, stand sie erschrocken still und warf sich dann demütig auf die Kniee. Frau Lureley aber nahte sich ihr und hob sie auf und sprach ganz freundlich zu ihr: „Mein Kind! fürchte dich nicht, ich bin ein reisendes Wasserfräulein und suche einen Brunnen, in dem ich heute übernachten kann; willst du mir einen Brunnen zeigen, so will ich dich belohnen."

„Recht gern, mein schönes Fräulein!" sagte die Hirtin. „Ich muß nur noch meinen Rocken abspinnen und mein Körbchen voll Erdbeeren lesen, dann treibe ich die Herde an einen recht schönen Brunnen, der nicht weit von hier ist, um sie zu tränken, und wasche auch meine Erdbeeren dort." – „Komm, gieb mir deinen Rocken," sagte das freundliche Wasserfräulein, „ich will ein Weilchen spinnen, so sammle deine Erdbeeren geschwind, damit wir eher an den Brunnen kommen."

Die Hirtin gab ihr den Rocken und suchte Erdbeeren, die sie plötzlich in solcher Menge fand, daß ihr Körbchen schnell gehäuft voll war. „Ich bin recht glücklich," sagte sie, „mein Körbchen ist schon voll, jetzt will ich Euch zum Brunnen führen." – „Gut", sagte das freundliche Wasserfräulein; die Hirtin trieb nun ihre Herde voran und folgte ihr an der Seite des Wasserfräuleins durch den schönen stillen Abend.

„Wie heißt du, mein liebes Kind?" sagte Lureley. Die Hirtin erwiderte: „Ich heiße Murmeltier." – „Murmeltier!" sagte Lureley erstaunt, „Murmeltier! Wer hat dir denn diesen häßlichen Namen gegeben? Du bist ja so freundlich, hast hübsche rote Wangen und ein Paar helle blaue Augen; so sieht ja kein Murmeltier aus!“ Als Lureley so gesprochen hatte, sah sie, daß die Hirtin weinte, und bat sie nun sehr, nicht zu weinen und ihr zu erzählen, was für ein Kummer sie betrübe.

„Ach, liebes Wasserfräulein!“ sagte die Hirtin, „ich weine oft hier auf der Wiese; denn es geht mir recht übel. Nicht weit von hier, im wilden Walde, wohnt meine Mutter und meine Schwester; sie lieben mich nicht, nichts kann ich recht machen; sie geben mir so viel Arbeit, daß ich sie nie ganz verrichten kann; ich soll alles tun, was zu Hause zu tun ist: waschen, Feuer machen, Stube und Stall kehren, und doch auch wieder die Herde führen und pflegen und alle Abend den abgesponnenen Rocken und einen ganzen Korb voll Erdbeeren nach Hause bringen; und fehlt nur das Mindeste an diesen Aufgaben, so geben sie mir das Stückchen Brot nicht, wovon ich lebe, oder nehmen mir das Stroh, worauf ich schlafe, daß ich auf der harten Erde hungernd schlafen muß; ich sage zu allem dem auch kein Sterbenswörtchen und leide alles mit Geduld; wenn meine Schwester aber mich schlägt und ich weine still, so nennen sie dies murren, und so haben sie mir den Namen Murmeltier gegeben. Ach! wenn die Sonne untergeht, werde ich immer gar traurig; denn nun muß ich nach Haus, und da geht mein Kummer und Leiden an. Wenn ich so den Tag über hier im Walde bin, da habe ich doch Ruhe, da ist mir wohl; alle Vögel kennen mich und grüßen mich und hüpfen um mich herum, wenn ich Erdbeeren lese, und sitzen auf meinem Rocken, wenn ich spinne, und so bring ich den Tag mit einiger Ruhe zu; doch sehe ich immer mit Angst nach der Sonne und zittere, wenn ich sehe, daß sie sich nach den Bäumen senkt; denn dann kommt der Abend, und ich muß nach Hause, wo mich Not und Elend erwarten."

Während dieser Erzählung hatten sie sich dem Brunnen genähert. „Mein liebes Murmeltier!" sagte Lureley, „nun müssen wir scheiden; ich werde heute nacht hier bei der Brunnenfrau dieser Quelle wohnen und morgen mit Tagesanbruch weiterreisen; nun hätte ich doch gerne ein Andenken von dir und möchte auch dir etwas geben, denn ich bin dir sehr gut, mein liebes Kind!" – „Ach!" sagte Murmeltier, „was habe ich armes Mägdlein, das ich Euch geben könnte?"

„Ich will dir sagen," erwiderte Lureley, „wie wirs machen: gieb du mir deine Kleider, ich gebe dir meine; denn es ist mir der silberne lange Rock doch hinderlich auf der Reise, und ich werde in deinem kurzen Röckchen viel schneller gehen können." Murmeltierchen mußte nun mit der Frau Lureley die Kleider wechseln, und ihr dann die Haare kämmen und flechten, wie sie es selbst trug. Aber wie wunderte sie sich, als ihr aus den Haaren der Frau Lureley lauter Perlen und Edelsteine in den Schoß fielen. „Die schenke ich dir alle", sagte Frau Lureley; „jetzt will ich mich in dem Brunnen betrachten, wie mir

dein Kleid steht", und indem sie in den Brunnen sah, sagte sie: „O, allerliebst!" und sprang in den Brunnen hinab.

Murmeltier trat nun an den Brunnen und sagte: „Leb wohl, leb wohl, lieb Wasserfräulein! vergiß das arme Murmeltier nicht!"

Da tauchte Frau Lureley noch einmal hervor und sprach: „Mein liebes Kind! ertrage alles mit Geduld, bleibe fromm, fleißig und demütig, und wenn du in großer Not bist, so stürze dich in diesen Brunnen; ich will der Brunnenfrau, die drin wohnt, sagen, daß sie sich deiner annehmen soll. Nun leb wohl!" Da verschwand sie.

Murmeltier sah noch hinab, und da sie ihr eigenes Bild so schön geschmückt im Wasserspiegel sah, dachte sie nicht, daß sie es selbst sei und sagte nur immer: „Je, die schöne, liebe Lureley!" Nun wusch sie ihre Erdbeeren in dem Wasser und ließ dann ihre Herde trinken, nahm den Rocken und das Erdbeerenkörbchen und zog nach Hause, mehr an die liebe Frau denkend als an die harte Begegnung, die sie erleiden würde.

Als sie aber den Mond über den Bäumen heraufsteigen sah, ergriff sie eine große Angst, daß es schon so spät sei, und sie eilte furchtsam in ihre Hütte, trieb die Schafe in den Stall, nahm ihren Rocken und ihre Erdbeeren und trat an die Türe. Da hörte sie schon drin ihre Schwester zanken. „Das faule Murmeltier ist schon wieder zu spät nach Hause gekommen, Mutter!" sagte sie, „und wenn sie nicht alles fertig hat, so will ich sie recht anfahren und ihr das Brot nehmen." – „Ja," sagte die Mutter, „das häßliche, freche Mädchen weiß gar nicht mehr, was sie vor Übermut treiben soll; hat sie nicht gestern gar einen Kranz von Rosen auf dem Kopf gehabt, als sie aus dem Walde kam; es wundert mich nicht, daß sie nie mit ihrer Arbeit fertig wird, wenn sie solche Eitelkeit treibt." – „Ich habe ihr aber den Kranz heruntergerissen und mit Füßen getreten", sagte die böse Schwester, „und ihr einen Strohkranz gegeben. Wo sie nur so lange bleibt? Ich habe doch die Schafe schon blöken hören; sie hat gewiß wieder etwas angestellt und fürchtet sich, hereinzugehen; aber ich will sie schon bei den Ohren hereinziehen." Nach diesen Worten riß Murxa (so hieß die böse Schwester) die Türe auf, um das Murmeltier zu holen; aber wie erstaunte sie und die Mutter, als sie die glänzende, von Silber schimmernde Jungfrau auf der Schwelle stehen sahen. Die Frau Wirx, so hieß die alte Frau, und Murxa erkannten sie nicht und warfen sich vor ihr auf die Knie, denn sie hielten sie für eine Königin. Murmeltier aber sagte: „Liebe Mutter, liebe Schwester, ach! kennt ihr mich denn nicht mehr? Ich bin ja Murmeltier, eure Tochter."

Nun erkannten sie das arme Kind an der Stimme und kamen auch gleich in den größten Zorn. „Ei! sieh da! das garstige Murmeltier läßt sich auf den Knieen verehren", schrie Murxa. – „Wo hast du die prächtigen Kleider gestohlen?" sagte Wirx. „Herunter mit den Kleidern!" schrie die Schwester, „ich will sie anziehen" – und so ging es in einem Zanken fort.

Murmeltier ließ sich ruhig die Kleider ausziehen, gab der Mutter die Erdbeeren; die waren aber lauter Goldkörner, und dabei lagen die Perlen, die sie der Lureley aus den Haaren gekämmt hatte; darüber war die Mutter von neuem erstaunt, und als sie ihr den Rocken gab, war das Gespinnst reines Silber. Aber alles war nicht recht; bei allem wurde sie gezankt, und da sie von Frau Lureley erzählte, sagte Murxa: „Morgen werde ich hingehen und werde ganz anders beschenkt werden; die Frau Lureley muß nicht recht gescheit sein, daß sie sich so lang mit dir, häßliches Murmeltier! abgegeben“ – und nun kniff sie dem armen Mädchen aus Bosheit in den Arm, daß sie laut weinte. „Fort auf dein Stroh, Murmeltier!“ sagte Frau Wirx, „schreie uns hier die Ohren nicht voll“ – und Murmeltier wünschte freundlich gute Nacht und ging auf ihr dürftiges Lager.

Aber sie konnte vor Traurigkeit nicht schlafen und weinte immerfort und sagte: „Ach! so ist denn, solange ich lebe, noch kein Mensch freundlich mit mir gewesen als die gute Frau Lureley, und alles, was sie mir geschenkt, habe ich hingegeben, und doch werde ich geschimpft und geschlagen; giebt es ein größeres Leid als meins? Nein, ich will nicht schlafen heut nacht; ich will zum Brunnen laufen, ehe die Frau Lureley abreist, und ihr mein Elend klagen, vielleicht giebt sie mir Trost und Rat.“

Geschwind stand sie auf und lief in den Wald an den Brunnen; sie hatte nichts an, als ihren Unterrock und ihr

Hemd von grober Leinwand; denn die Schwester, die ihr das Kleid genommen, hatte ihr kein anderes dafür gegeben.

Es war heller Mondenschein, und sie lief in Angst an den Brunnen und kniete weinend dabei nieder. Anfangs scheute sie sich, der Frau Lureley zu rufen, weil sie fürchtete, sie möge sie aus dem Schlafe erwecken; da aber die Nachtigall sie sah, die sie gar wohl kannte, flog sie nieder zu ihr und setzte sich zu ihr auf den Rand des Brunnens und mischte ihren Gesang mit ihren Klagen. Die Nachtigall aber sang:

Viele, viele liebe, süße
Mägdlein kenne ich;
Wenn ich sie sehe gehen
Im Taue auf der Aue, ich sie anschaue
Und sie freundlich begrüße,
Wenn sie sich bücken, und pflücken, sich zu
schmücken,
Und drücken mit Entzücken
Die lieben Blumen ans kindische Herz
Und sehen in die stillen blauen Augen,
Mit denen der schüchterne März
Die junge Wärme der Sonne
In sich will saugen,
In die kleinen blauen Violen;
Wenn sie auf leichten Sohlen
Bisweilen eilen zum Strauche

Und im duftenden Hauche
Des Sommers sich brechen
Die Rosen und sich stechen,
Dann ruf ich: Weh! weh! weh!
Auf die Dornen seh!
Und sie setzen sich nieder
Beim duftenden, berauschenden Flieder,
Singen Lieder und schmücken das Mieder
Mit süßen Primeln, Aurikeln, Lilien, Basilien,
Hyazinthen, und winden sich Kränze,
Daß ihr Haupt glänze im Lenze,
Dann sende ich süße Grüße, über die Wiese
Weiß ich zu locken die blumengeschmückten,
    entzückten Docken,
Die Frühlingsgesellen, zu hellen Waldquellen,
Wo in die Wellen sie stellen
Die rosigen Füße, zu kühlen im Schwülen;
Da grüß ich sie alle mit ihres Namens Schalle:
Grüß dich Gott, lieb, lieb Ludmilla!
Lilla! Sibylla! Kamilla!
Grüß dich Gott, lieb, lieb Agneta!
Margaretha! Elisabetha! Ameleya!
Sophia! Dora! Leonora!
Rieke! Fieke! Anna! Johanna!
Marianna! Susanna!
Grüß dich Gott und das Himmelblau,
Süße Jungfrau! aber alle, alle,
Wie auch ihr Name süß schalle,

Sind mir nicht so lieb, lieb, lieb, lieb,
Als du lieb, du süß, du zart, mild Bild,
Du still, fromm, blond, lind Kind,
Du schön, gut, treugemut
Murmeltierchen!

Murmeltierchen hörte zu, aber sie verstand nicht, was die liebe Frau Nachtigall sang, und sang ihr ganz leise wieder:

Schweig, liebe Nachtigall!
Daß der laute Widerhall
Nicht Frau Lureley erwecke,
Die hier in dem Brunnen ruht.
Ach, sie ist so lieb, so gut!
Laß sie schlummern und verstecke
Dich hier in der Rosenhecke,
Still, still, still, schweige, schweige!
Rauscht nicht so, ihr Eichenzweige!
Morgenwind, zieh still vorbei,
Wecke nicht Frau Lureley!
Sieh, wie ich so stille weine
Hier im lieben Mondenscheine;
Lasse mich alleine, alleine.

Als aber Frau Nachtigall den Namen Lureley hörte, gefiel er ihr so gut, daß sie laut zu singen begann:

Lureley! Lureley –
Klingt süß wie Ameley –
Alle Töne geb ich frei,
Lureley! Lureley!
Komm herbei, herbei, herbei,
Daß das Kind getröstet sei,
Ruf ich immer einerlei:
Lureley! Lureley! –

Nun erschallte aus dem Brunnen eine Stimme:

Wer wecket mich,
Das ist nicht fein!
Noch decket mich
Der Mondenschein;
Ich strecke mich
Und schlafe ein.

„Da hast du's gehört, Frau Nachtigall! jetzt sei still und verstecke dich." Frau Nachtigall begab sich hinweg in die Rosenhecke und war ganz mäuschenstille.

Auch Murmeltier regte sich nicht, und mit dem Haupt an den Brunnen gelehnt, sah das arme Mädchen in den Mond, bis es entschlummerte und nicht eher erwachte, bis die Schwalbe über dem Brunnen am Fels ihr graues Köpfchen zum Nest herausstreckte und dem Morgenstern allerlei vorschwätzte:

I, wie ziehn die Winde
So geschwinde durch die Linde,
Daß die Blätter zwitschern
Und die Grasspitzen glitzern
Vom Tau, schau!
Da ruht die Jungfrau –
Sie ist gewiß von der Schwester
Gestern wieder geschimpft und gezwickt,
Aus dem Zimmer vertrieben, immer
Ist sie in Zwist, die List
Der bösen Frau Wirx
Quält sie, o, o die verschiednen
    Geschwister!
Die Schwester lästert und hetzet
Und schwätzet, bis sie das liebe Herz
Mit Schmerz verletzet.
Ach! hätte ich Kisten und Kasten voll
Silber, Perlen und Edelstein,
Dir, Murmeltier, wär alles allein;
Aber ich bin arm, daß Gott erbarm,
Alles ist leer, leer, leer, leer.

Über diesem Geschwätz der Schwalbe erwachte Murmeltier, und da sie in der kühlen Morgenluft fror, weil ihr die böse Schwester ihr Kleid genommen hatte, ward sie sehr traurig und sah in den Brunnen und konnte nicht widerstehen, sie stürzte sich hinab. Sie sank leise hinunter in eine Kammer ganz von reinem Glas, wo

Frau Lureley und Frau Else, die Bewohnerin dieses Brunnens, auf dem Bette saßen.

Murmeltier umarmte weinend die Füße der Frau Lureley und küßte der Frau Else den Rock. Diese aber hoben sie auf und setzten sie neben sich, und Frau Else sagte zu ihr: „Mein liebes Mägdlein! soeben hat mir Frau Lureley viel Gutes von dir erzählt, und da sie jetzt abreist, will ich, die hier immer im Brunnen wohnt, deine Freundin sein." Dann sprach Frau Lureley: „Warum hast du denn kein Kleid an?" – „Ach!" klagte Murmeltier, „alles hat mir die Mutter und die Schwester genommen, was Ihr mir geschenkt habt, und hat mich noch dazu in den Arm gezwickt, daß ich habe weinen müssen, da bin ich denn in meiner Angst hieher geflohen."

„Wohlan, mein Kind!" sagte Frau Else, „ich will dir ein anderes Röckchen geben" – und nun gab sie ihr ein schönes, einfaches, grünes Kleid; dann schenkte sie ihr einen Spinnrocken, der immer von selbst spann, wenn sie allein war, und einen Schäferstab, der alle Wölfe verscheuchte, wenn sie ihn auf der Wiese aufsteckte. Nachdem Murmeltier herzlich für diese Geschenke gedankt hatte, sagte Frau Else: „Nun, mein Kind, kämme mir und Frau Lureley die Haare, wir wollen die deinigen dann auch kämmen" – dann gab sie ihr einen goldnen Kamm, und Murmeltier kämmte beiden die Haare und flocht sie so schön, daß die Wasserfrauen sehr zufrieden mit ihr waren. Frau Else kämmte ihr hierauf ihre Haare auch und sagte zu ihr: „Mein Kind! so oft du nun deine Haare schüttelst und kämmst, sollen dir die schönsten und glänzendsten Blumen herausfallen. Nun aber gehe nach Haus, besorge alles und führe dann deine Herde auf die Weide, damit die böse Frau Wirx und die Murxa dich nicht zanken." – Frau Lureley machte sich nun auch auf die Reise und stieg, nachdem sie von ihrer Wirtin, der Frau Else, Abschied genommen, mit dem Murmeltier aus dem Brunnen. „Liebes Murmeltier!" sagte sie, „jetzt führe mich noch auf den rechten Weg, es soll dich nicht gereuen." Murmeltier tat es von Herzen, sie ging mit ihr, bis wo das Bächlein einen Teich bildete; da sah sie einen Biber, der sich in einer Falle gefangen hatte, und schnell machte sie ihn frei, wofür ihr der Biber die Füße küßte und freundlich murrte. Da sprach Frau Lureley zu dem Biber:

Lieber Biber!
Kannst nicht sagen,
Wie du möchtest dankbar sein.
Weil die Falle sie zerschlagen,
Sollst du ihr das Wasser tragen,
Sollst ihr Stall und Stub ausfegen
Und ihr dienen allerwegen.
Lieber Biber!
Kannst nicht sagen,
Wie du möchtest dankbar sein.

Nach diesen Worten umarmte Frau Lureley das gute Murmeltier und trennte sich von ihr. Murmeltier aber eilte nach Hause und der Biber hinter ihr her, und während sie die Schafe schnell aus dem Stall trieb, hatte er ihr schon das nötige Wasser getragen und mit seinem Schwanze alles rein und sauber gekehrt, worauf er sich nach seiner Wohnung zurückbegab.

Als Frau Wirx und Murxa die Schafe blöken hörten, standen sie auf und traten an die Türe. „Wer hat dir gesagt, die Schafe auszutreiben!" schrie Frau Wirx. „Hast du nicht gehört, daß Murxa heute auf die Wiese will?" – „Die Schafe mag sie immer treiben," sagte Murxa, „aber nicht nach der Wiese; da geh ich allein hin; aber wo hat sie das grüne Kleid schon wieder her, sie muß gewiß stehlen." Nun näherte sich Murmeltier und erzählte alles, was ihr im Brunnen begegnet. „Sieh!" schrie die Murxa, „wie sie sich die Haare in so zierliche Flechten gelegt" – und riß ihr die Zöpfe herunter; da schüttelte Murmeltier ihre Locken, und es fielen die schönsten Blumen heraus, worüber Frau Wirx und Murxa sehr erstaunten, und letztere sagte: „Gleich will ich zum Brunnen laufen und mit eben solchen Gaben zurückkehren."

Frau Wirx befahl nun dem Murmeltier, ihre Herde nach der andern Seite des Waldes zu treiben und zugleich einen Korb voll Birnen am Abend mitzubringen von dem Baume, der dort stand. Murxa aber ging ganz hoffärtig in dem schönen Kleide der Frau Lureley nach

dem Brunnen. Als Murmeltier mit der Herde zum Birnbaum gekommen war, steckte sie ihren Schäferstab in die Erde, zierte ihn mit Blumen und sprach:

Hüte, frommer Hirtenstab,
Den die gute Else gab,
Meine Herde,
Halte mir die Wölfe ab,
Laß die Lämmer nicht verlaufen,
Daß sie all auf einem Haufen
Hier im Gras beisammen bleiben,
Bis ich sie nach Haus will treiben;
In die Erde
Hab ich dich darum gesteckt
Und mit Blumen dich geziert,
Wie's gebührt.

Dann steckte sie ihren Rocken neben dem Birnbaum und sprach:

Spinne, lieber Rocken, spinne
Fein und klar nach meinem Sinne,
Daß ich Fäden viel gewinne
Fein und klar, wie das Haar
Der Frau Else im Brunnen war.

Und sieh da! der Stab hütete die Lämmer, sie verließen ihn nicht, und der Rocken spann den klarsten und reinsten Faden wie das goldne Haar der Brunnenfrau. Traurig aber sah Murmeltier den Birnbaum an, er war hoch und steil; sie hatten ihr zwar eine Leiter mitgegeben, aber sie war viel zu kurz, und indem Murmeltier mit Sehnsucht hinauf nach den gelben Birnen sah, sprach sie:

Lieber Birnbaum auf der Wiese,
Kann ich dein gleich nicht genießen,
Will ich dich doch frisch begießen
Aus den Quellen, die hier fließen.

Und nun grub sie mit einem spitzigen Stein eine Rinne aus dem Quell bis zu dem Birnbaum, so daß das Wasser an seine Wurzel floß und den Baum erquickte. Als sie freudig so zusah, wie die durstige Erde rund um den Baum das Wasser einschluckte, fühlte der alte Birnbaum seine Wurzeln erfrischt, er sah mit freudigem Geräusch nieder zu dem Kinde und sprach, indem er die Äste niederbeugte, mit einer Stimme, die wie eine Säge zischte:

Quellen führst du mir zum Herzen,
Linderst mir des Durstes Schmerzen,
Meine Blätter nicht mehr ächzen,
Zungen, die nach Wasser lechzen,
Und ich senke meine Äste
Niederschwenkend, meine besten
Birnen kannst du so erreichen,
Ohne erst heraufzusteigen.

Murmeltier dankte dem Birnbaum und brach ganz leise, um ihm nicht weh zu tun, die schönsten gelben Birnen ab und legte sie schonend in ihren Korb. Worauf der Baum seine Zweige wieder emporhob und freundlich über ihr rauschte.

Als der Abend kam, nahm sie den Schäferstab und den Rocken in die Hand, hob sich den Korb voll Birnen auf den Kopf und zog hinter ihrer Herde nach Haus.

Unterwegs begegnete ihr ein schöner Jäger zu Pferd, er sah die schönen Birnen in ihrem Korb und kaufte sie ihr alle um mehrere Goldstücke ab, so daß sie ganz vergnügt nach Hause kam. Aber da erwartete sie wieder Zank und Verdruß, wenn sie gleich alles, was ihr aufgetragen war, wohl verrichtet hatte. Murxa war an dem Brunnen gewesen und hatte der Frau Else grob und unhöflich gerufen. Da sie darauf nicht hören wollte, hatte sie einen schweren Stein hinabgeworfen und war selbst hinterdrein gefallen; da fand sie denn keine gläserne Kammer, sondern ein trübes sumpfiges Wasser, und Frau Else erschien ihr und sprach: „Du böse, neidische Schwester! so oft du deine roten Haare schüttelst, soll lauter faules Schilf und Stroh herausfallen." Wütend vor Zorn fiel sie daher das arme Murmeltier an, die sich kaum vor ihren Mißhandlungen retten konnte. Da Murxa vor Zank und Zorn müde sich in eine Ecke setzte und weinte, legte Murmeltier der Mutter das Gold auf den Tisch und erzählte, wie es mit dem Birnbaum und dem Jäger gegangen war; aber sie hatte schlechten Dank, und wurde ihr gesagt: „Daß du mir heute nacht das Haus noch kehrst und den Stall reinigest und Wasser zuträgst, sonst gibts Schläge; denn morgen früh mußt du den Esel mit einem Sack Korn in die Unglücksmühle treiben. Geschwind packe dich, Faulenzerin! und arbeite."

Ruhig ging Murmeltier nach dem Hof, um zu kehren; aber da schlüpfte ihr Freund, der Biber, aus der Hecke hervor und fegte alles rein und trug ihr das Wasser, und gerührt nahm sie ihn in die Arme und gab ihm einen Kuß und sprach: „Lieber Biber! du bist mein einziger Trost, ohne deine Hülfe müßte ich vor Kummer und Not sterben." – Da konnte der Biber auf einmal reden und sprach: „Sei zufrieden, mein gutes Kind! und lege dich zu Bett und schlafe ruhig; ich verdanke dir das Leben und nun auch die Sprache, weil du mich geküßt hast. Wenn du morgen an meinem Bau am Teiche vorübergehst, so will ich dir wegen der Unglücksmühle guten Rat geben. Gute Nacht, lieb Murmeltier!" sprach er und ging fort. „Gute Nacht, lieber Biber!" sagte sie und ging, sich aufs Stroh zu legen.

Kaum daß der Tag graute, stand sie wieder auf, legte den Sack mit Korn auf den Esel und zog nach dem Teiche hin. Es war ihr angst und bang, nach der Mühle zu gehen; denn wenngleich der Müller das feinste Mehl mahlte, so waren doch wenige Menschen wieder aus seiner Mühle herausgekommen, und wußte niemand, was aus ihnen dort geworden. Da sie nun an dem Teiche bei ihrem Freund Biber angekommen, rief sie ihm:

Lieber Biber!
Komm heraus
Aus dem Haus.

Der Biber ließ sie nicht lange warten, kam hervor, grüßte sie und setzte sich neben sie ins Gras, wo er also zu ihr sprach:

„Liebes Murmeltier! sie haben dich nach der Unglücksmühle geschickt, damit du zu Grunde gehst; kein Mensch geht mehr in die Mühle, ohne umzukommen; aber ich will dir raten, wie du sicher hingelangen kannst.“ – „Ach! ist denn der Müller ein so gar grausamer Mann,“ fragte Murmeltierchen, „daß er mich umbringen wird?“ – „Das eben nicht,“ sagte der Biber, „aber er ist ein sehr wunderlicher Mensch und gerät leicht in den bittersten Zorn; ich selbst habe es erfahren, laß dir erzählen. Sein Vater, der alte Kampe, bemerkt plötzlich ein wunderbares Glück in seinem Haus: Gold, Silber, Getreide, Mehl, Gut und Geld mehrte sich unbegreiflich unter seinen Händen, und er wußte gar nicht, wo ihm all der Segen herwuchs. Als er nun einmal mit der Hacke im Garten stand und den vollen Segen seines Feldes und der Bäume anschaute, sprach er traurig: ‚Lieber Himmel, was soll mir all das Glück, da ich den nicht kenne, der es geschenkt, um ihm zu danken; lieber wollt ich arm sein und den Freund umarmen, der mir diesen Segen bringt, als so allein hier in Hülle und Fülle sitzen.' Kaum hatte er diese Worte von ganzer Seele gesprochen, als die Erde vor ihm erwühlt wurde und er, der einen Maulwurf zu sehen erwartete, schon die Hacke aufhob, um ihn zu erschlagen; aber sieh da! es war kein Maulwurf, es war ein kleines, braunes, freundliches Erdfräulein, das ihm die Arme entgegenstreckte und zu ihm sagte: ‚Ich halte dich beim Wort, mein lieber Kampe! umarme mich, ich bin das deutsche Erdfräulein und heiße Wurzelwörtchen; immer hab ich dich geliebt wegen dem schönen, reinen und richtigen Deutsch, das du sprichst, und habe dich deswegen mit Segen überschüttet; werde mein Gemahl, so soll dein Glück sich immer mehren.' Meister Kampe zögerte nicht lange, er schlug ein, und sie heirateten sich. Nach einem Jahr schenkte Wurzelwörtchen dem guten Müller Kampe einen Sohn, der Voß hieß und sehr bald sprechen, aber wie sprechen lernte: so schön, so richtig, so rein, daß auch kaum ein Härchen fehlte, daß man ihn gar nicht verstanden hätte. Dieser Sohn wuchs heran; er war ungemein tiefsinnig und still; er spintisierte bald alles aus und richtete die Mühle besser ein, daß die Räder auch so richtig klapperten, daß nicht eine Sekunde am Schlag fehlte. Sein Vater wollte, er sollte sich ganz allein mit der Mühle abgeben, damit er selbst studieren könne, aber das ging nicht. Voß hatte einen viel größeren Trieb zum Studieren als sein Vater, und wartete nur eine Gelegenheit ab, diesem zu zeigen, daß er gegen seinen Sohn doch nur ein dummer Müller sei. Als nun Kampe mit seiner Frau Wurzelwörtchen einstens im Garten saß und neue Worte machte, trat Voßchen auf einmal hervor und las ihnen dreimalhunderttausend neue deutsche Wörter vor, an die der gute Meister Kampe nie gedacht hatte; und der Vater ward durch diese Gelehrsamkeit seines Sohnes so bestürzt, daß er in den Armen der Frau Wurzelwörtchen auf der Stelle verblich. ‚Lebe wohl, mein Sohn!' sagte die Erdfrau; ‚dein Vater ist durch dich gestorben, drum muß ich von dir scheiden; aber weil du unschuldig daran bist, so sollen dir meine Geister doch immer dienen.' Somit nahm sie ihren Gatten in die Arme und sank mit ihm in die Erde. Voß machte sich nicht viel daraus; er arbeitete immer darauflos und ward täglich finsterer und menschenscheuer; ja, je weiter er in der Sprache kam, je mehr hütete er sich, sie zu sprechen, um sie nicht zu verderben und zu beschmutzen. Nun wurde ihm der große Zulauf zu seiner Mühle immer lästiger, weil der Mehlstaub ihm alle die schönen neuen Wörter und Redensarten bestaubte, die er täglich ausdachte, und er machte sich dran, den Zugang zu seiner Mühle auf alle mögliche Weise zu erschweren, was er auch mit Hilfe seiner Erdgeister so zustande brachte, daß fast niemand mehr zu ihm gelangt. Ich selbst habe seinen Zorn bitter erfahren, denn er ist es, der mich in einen Biber verwandelt hat."

„Ach! was warst du denn, lieber Biber?" fragte Murmeltier neugierig.

„Ich war ein Fischer und hieß Biber", sagte der Erzähler, „und lebte still hier am Teiche. Da nun einstens der Müller Voß eine Menge neuer Wörter und Redensarten, die ihm unter die Kleie gekommen waren, hier am Teiche waschen wollte, schnappten sie ihm meine Hechte und Karpfen weg, und so kamen alle diese wunderlichen Worte mit den Fischen nach und nach in meinen Netzen zu mir. Ich aber trieb einen frommen Handel damit; denn da ich wußte, daß der Müller alle Leute in Kornsäcke steckte und so in den Rauch hängte, die zu seiner Mühle kamen, ohne ein neues Wort zu haben, so warnte ich hier die Vorübergehenden und gab ihnen für kleine Münze neue Wörter, womit sie den Müller bezahlen konnten. Endlich merkte der Müller ihre Quelle; zornig kam er zu mir, nahm meinen ganzen Vorrat als sein Eigentum in Besitz, und verwandelte mich zur Strafe in das, was mein Name bedeutete, in einen Biber, und nahm mir die Sprache; denn umbringen durfte er mich nicht, weil seine Mutter mir wohlwollte. Als er mich so verwandelt hatte, sagte er: ‚Solange sollst du die Sprache verlieren, bis ein Murmeltier dich umarmt und zu dir spricht: *lieber Biber!*' Daß du es sein könntest, wußte er nicht; so hast du mir die Sprache wiedergegeben und mir früher das Leben gerettet aus der Falle, die er mir gestellt, und nun will ich dir sagen, wie du zu der Mühle kommen kannst und wie du dich bei ihm benehmen mußt. – Nehme hier nicht den kurzen Weg, sondern gehe dort droben auf dem Umweg durch die Felsen. Mische dich in keinen Streit, keinen Handel, der dir auf dem Weg aufstoßen könnte; stellen sich dir wilde Tiere entgegen, so berühre sie nur mit deinem Schäferstab; triffst du jemand in Not, so helfe von ganzem Herzen; fährt dich jemand grob an, so antworte ihm höflich; des Müllers bösen Hunden gebe dein Brot. An die Türe klopfe nicht, sondern sage nur: ‚Ins Heu, ins Heu, ins Heuderlei'; erlaubt er dir, einen Strauß zu binden, so breche die Blumen nicht selber, sondern gehe lieber ohne Strauß heim; vor allem hüte dich, ein undeutsches Wort zu sagen, und statt *Sack* sage *Beutel.* – Nun gehe in Gottesnamen, ich will dir immer in der Nähe sein."

Murmeltier dankte dem Biber und trat nun ihre Reise an. Das erste, was ihr begegnete, war ein sehr lächerlicher Zank jenseits des Zaunes, der ihren schmalen Fußsteig begleitete. Zwei Männer stritten sich: ob die Louise oder die Dorothea schöner sei; der eine schrie, Louise hat schönere Füße, der andere sagte, Dorothea hat eine schönere Seele. Da schrie der erste: „Aber man geht nicht auf der Seele, man geht auf den Füßen", und darauf sagte der zweite: „Man denkt auch nicht mit den Füßen, man denkt mit der Seele." – „Louise hat immer mit den Hühnern zu tun." – „Dorothea läuft immer an den Brunnen." So zankten sie lange, und Murmeltier wollte eben durch den Busch gucken, als der Biber vor die Lücke trat und sie warnte.

Als sie weiterkam, stellte sich ihr ein Wolf entgegen; er hatte sich eine Schafshaut umgehängt und Kamaschen angezogen und stellte sich ganz galant. Aber Murmeltier kannte ihn gleich, sie zeigte ihm nur den Schäferstab, und er zog sich zurück. So machte sie es auch mit einem Bären und einem Auerochsen; schon sah sie die Mühle am Ende einer Wiese liegen, als sie plötzlich neben sich an einem Brunnen eine weinende Stimme hörte. Sie eilt hinzu und sieht ein wunderschönes Kind in dem Brunnen liegen, das sich kaum mehr über dem Wasser erhalten kann. Ohne sich zu besinnen, springt Murmeltier hinab und wirft das Kind heraus ins weiche Gras. Als sie sich aber kaum selbst wieder auf den Rand des Brunnens geschwungen hatte, erblickt sie einen närrischen Affen in einer bunten Jacke, der das Kind aufpacken und davonlaufen will. Schnell springt nun Murmeltier herzu, rührt den Affen mit dem Schäferstab an, und er fällt auf den Rücken tot nieder. Nun naht sie sich, das Kind auf den Armen, der Türe der Mühle. Große Hunde nahen sich ihr; sie bellten nicht, denn der Müller, der das Hundegebell nicht leiden konnte, hatte ihnen die Zungen ausgeschnitten; aber grimmig fletschten sie die Zähne. Da gab ihnen Murmeltier ihr Brot, und sie legten sich ruhig wie Lämmer nieder und fraßen. Nun war zwar ein schöner brillantener Klopfer an der Türe, aber Murmeltier rührte ihn nicht an und sagte nur: „Ins Heu, ins Heu, ins Heuderlei“ da sprang die Türe vor ihr auf, sie ging mit dem Kinde hinein.

„Wer hat dich gelehrt, unangemeldet zu treten ins gastfreie Haus, glänzt der Hammer doch blank gescheuert am reinlichen Tore“, schrie der Müller ihr entgegen. Murmeltier erwiderte: „Ich wollte nicht stören die Ruhe des heiligen Denkers mit lautem Gepoche.“ Da sagte der Müller: „Immer wißt Ihr mit ekler Entschuldgung zu mehren die Schuld; schweiget und tretet herzu, weil Ihr nun einmal listig gelangt in das Haus.“

Nun eilte Murmeltier mit dem Kind ans Kaminfeuer, um es zu trocknen, und da sah der Müller, daß es Abraham, sein Söhnchen, war, dem sie das Leben gerettet; er brachte es gleich seiner Frau, die auch erfreut war. Als er aber hörte, daß Murmeltier auch den Affen totgeschlagen, ging er ganz froh hinaus und holte ihn herein und sagte ihr: „Herzlichen Dank verdienst du, o Freundin, du schlugst meinen Feind, den Affen *Sonneto,* den lumpengeflickten, und ich nagle den Schelm nun an den Baum des Gartens, daß er mir scheuche die Vögel, die Diebe der lachenden Kirschen.“

Nun nahm er Murmeltier mit in den Garten und nagelte den Affen an den Baum unter den bittersten Verwünschungen. Es war nicht zu sagen, wie schön der Garten war: da standen nichts als Lorbeer- und Olivenbäume und Rosen und Weinreben und eine Menge der schönsten Blumen. Der Müller sagte ihr, sie möge sich einen Strauß brechen; aber sie dankte. Da brach er ihr selbst einen und einen für ihre Mutter und sprach dann zu ihr: „Nehme den Strauß, o Mägdlein! bewahr ihn, beschaue ihn täglich, und bemerkest du traurig, daß er verliere den Glanz und den Duft der schimmernden Blätter,

FRITZI LÖW

dann besorge Gefahr und lege die zierlichen Blumen in Milch, so senket der Schlaf sich bleiern hernieder, und Wirx, die Mutter, wird schlummern mit Murxa, der zänkischen Schwester; dann aber schreite und suche in Kisten und Kasten der Mutter, du findest ein Lichtlein, der Docht ist gewunden aus schwarzer und rötlicher Wolle; dies aber nimm und lege an dessen Stelle dies ähnliche Kerzlein, das ich dir gebe, mein Kind! zum Danke der Rettung."

Murmeltier dankte dem Müller herzlich, und schon wollte sie scheiden, als er ihr sagte: „Aber wo hast du das Korn, das zu mahlen du brachtest auf rüstigem Esel?"

Da erwiderte Murmeltier: „Draußen im leinenen Beutel träget es fest gefüllet das Tier und seufzt der Entladung."

„Gut ist die Sprache, mein Kind!" versetzte der Müller, „doch sage, wer lehrt' dich zu meiden ausländisches Wort und den Sack nicht zu nennen, dem doch die sprechenden Völker alle gegeben das Recht der Heimat bei sich?" – „Ach!" sagte Murmeltier ängstlich und kniete nieder, „ach! teurer bester Herr! verzeiht mir, ich habe einen Freund, einen guten braven Mann, den Biber, der hat es mich gelehrt; ach! wenn Ihr mir eine Liebe antuen wolltet und wolltet ihn wieder zum Menschen machen; sprechen kann er schon, er hat mir sein Unglück, Euch zu mißfallen, erzählt, ich bin ihm viel Dank schuldig." – „Wohlan," versetzte gerührt der Müller, „die Bitte gewähr ich; Murmeltier heißt du, so ward denn mein Fluch erfüllet, und gehe, berühre mit den Blumen den Freund, so wird ihm geholfen. Aber er meide das Land und ziehe hinab an den Rheinstrom, nicht mehr sich mengend in sprachliche Forschung." Nun gab er dem Murmeltier einen Sack voll Mehl statt dem Korn und entließ sie, die voll Freuden nach dem Teiche zog, um den guten Biber zu erlösen.

Als Murmeltier bei dem Biberbau am Wege anlangte, kam ihr der gute Biber mit den Worten entgegen: „Nun, mein liebes Kind! wie ist es dir ergangen?" – „Über alle Erwartung gut," sagte Murmeltier, „und dir selbst bringe ich die freudigste Botschaft; wenn du an den Rhein ziehen und dich gar nicht mehr mit neuen Wörtern abgeben willst, so darf ich dich nur mit diesem Blumenstrauß berühren und du bist wieder der Fischer, der du warst." – „Mein Kind," sagte Biber, „das ist ein hoher Preis; ich soll dich verlassen, ich soll dir die Stube nicht mehr auskehren, das Wasser nicht mehr tragen, ich soll dich in Kummer und Not wissen und dafür nur ein Mensch sein. Nein, mein liebes Murmeltier! mute mir das nicht zu; lieber bleibe ich bei dir und ein ehrlicher Biber, als daß ich dich verlasse und wieder ein Mensch werde." Murmeltier war über die große Güte des Bibers tief gerührt und sprach zu ihm, indem sie ihn zärtlich an ihr Herz drückte: „Lieber Biber! du bist das edelste, liebste Wesen auf Erden, das ich kenne, und es verdient meine innigste Liebe, daß du mir ein so großes Gut aufopferst; aber ich will es dir ewig gedenken, und es steht von nun an in deiner Gewalt, ein Mensch zu werden, wenn du es begehrst." Da sprach der Biber: „Nie werd ich es begehren, wenn ich dich darum verlassen soll." – In solchen Gesprächen nun zogen sie miteinander nach Haus.

Der Biber schlich in den Hof und den Stall und brachte alles in Ordnung. Murmeltier aber lud ihren Esel ab, stellte den Mehlsack in die Küche und trat freundlich mit ihren zwei Blumensträußen in die Stube zur Mutter; doch verbarg sie den ihrigen auf ihrer Brust, weil sie fürchtete, er möge ihr von Murxa genommen werden. „Seht, da hat sie der Kuckuck schon wieder", schrie Murxa; „wir dachten schon, wir wären sie los." – „Unkraut verdirbt nicht", schrie Frau Wirx; „wo hast du das Mehl? Du warst gewiß nicht in der Mühle." – „Liebe Frau Mutter!" sprach Murmeltier, „in der Küche steht ein großer Sack des feinsten Mehls, und hier habt Ihr einen Strauß von lauter Edelsteinen, den mir der gütige Müller für Euch gegeben" – und nun erzählte sie von der Schönheit der Mühle und der Freundlichkeit des Müllers. Aber Murxa sagte: „Es ist gewiß alles erlogen, wie von dem abscheulichen Birnbaum; ich war dort, er hat mir die Zweige nicht niedergesenkt; ich habe ihn geschüttelt, er hat sich nicht gerührt; ich habe mit Prügeln nach ihm geworfen, da hat der boshafte Baum einen solchen Regen von Birnen auf mich herabfallen lassen, daß sie mich voller Beulen geschlagen, und als ich sie sammelte, waren sie alle voller Flecken. Dein schöner Herr Jäger, der mir begegnete, wollte sie nicht kaufen; da sagte ich ihm, er sei ein Schlingel, da gab er mir eine Ohrfeige, und die sollst du wieder haben, du Falsche! du Lügnerin! die mich in den Verdruß gebracht" – und nun schlug sie der armen Murmeltier ins Gesicht, die weinend entfliehen wollte; aber Murxa, die häßliche, böse, hielt sie zurück und sprach: „So kömmst du nicht davon; erst kämme mir die Haare, und wenn nur ein bißchen Stroh oder Schilf herausfällt, so ermorde ich dich." Weinend nahm Murmeltier ihren eigenen Kamm und kämmte der bösen Murxa die Haare, und siehe da! der Kamm hatte die glückliche Wirkung, daß die roten Haare sich wie gewöhnliche Haare kämmen ließen. „Nun sage mir nochmals alles von dem Müller", sprach Murxa, „und lüge nicht, sonst soll es dir übel gehen; denn morgen in aller Früh will ich auch zu dem Narren, dem Müller, gehen und mir Edelsteinblumen holen." Nun sagte ihr Murmeltier nochmals alles, was nötig sei, glücklich in die Mühle zu kommen, und ging dann ruhig mit einem Stückchen Brot auf ihr Stroh, das ihr der gute Biber recht reinlich aufgeschüttelt und mit Blumen bestreut hatte. Sie sagte ihm freundlich Dank und gute Nacht, und dann trennten sie sich.

Am folgenden Morgen ging sie zur Mutter und fragte, ob sie vielleicht heute backen solle, weil sie das Mehl gebracht. „Ist das eine Frage, dummes Murmeltier!" schrie Frau Wirx. „Wozu habe ich denn das Mehl holen lassen? Ich dachte, du hättest den Teig schon fertig geknetet, den Ofen schon geheizt; fort, du Faule! an die Arbeit und lasse mich schlafen!“ Nun eilte Murmeltier an den Backtrog, da war aber Freund Biber schon da und hatte Wasser hineingetan. „Heize den Ofen nur geschwind,“ sagte er, „ich will den Teig währenddem kneten“ – und beide arbeiteten so schnell, daß das Brot schon im Ofen war, ehe Frau Wirx aufstand, wo sich der Biber geschwind zurückzog, um nicht von ihr gesehen zu werden. Nun mußte Murmeltier der Murxa den Esel aufzäumen und beladen. Dann stand Frau Wirx auf und sah nach dem edelsteinernen Blumenstrauß, den ihr Murmeltier mitgebracht; aber er war in der Nacht an ihrer Brust schwarz wie Kohlen geworden. Zornig eilte sie auf Murmeltier zu, die vor dem glühenden Backofen stand, und wollte sie hineinwerfen; aber der gute Biber sah sie kommen und schlug ihr mit dem Schwanz, der vom Kneten noch voll Mehlbrei war, ins Gesicht, daß sie nichts sehen konnte; worauf er wieder davonlief. Frau Wirx wurde nun bitterböse und warf den Strauß auf die Erde; aber kaum hatte ihn Murmeltier, die ihn aufhob, berührt, so war er so glänzend als vorher. „Liebe Mutter,“ sagte sie, „steckt den Strauß ins Wasser, bis Ihr ihn verkauft, so wird er immer schön bleiben.“ Frau Wirx wurde durch den erneuten Strauß wieder etwas zufrieden und ging nach ihrer Stube zurück. Nun mußte Murmeltier der Murxa den Esel zäumen und ihm den Kornsack aufladen, dann gab sie ihrer Schwester einen frischgebackenen schönen Kuchen für die Hunde des Müllers, und die faule Murxa setzte sich noch zu dem schweren Sack auf den Esel, so daß das arme Tier kaum fortkonnte.

Das erste, was sie unterwegs tat, war, daß sie den Kuchen rein aufaß, den sie den Hunden hätte mitbringen sollen. Als sie auf die Wiese kam, sah sie einen Hirten schlummern, der sich das Gesicht gegen die Fliegen zugedeckt hatte, und eben raubte ihm der Wolf einige Schafe. Sie weckte ihn nicht und hatte ihre Freude dran, und als der Wolf mit den Schafen weg war, nahm sie ihm leise das Tuch vom Gesichte, daß die Fliegen ihn recht stechen sollten. Sodann kam sie in ein Wäldchen, da saß eine Jungfrau bei einem Feuer und einer schönen Quelle, und wollte Kaffee kochen, schnell sprang Murxa vom Esel und trank ihr den ganzen Topf aus und schlug ihr den blinkenden Kessel am Baume voll Beulen, und trieb ihren Esel in die Quelle, der sie mit seinen schmutzigen Füßen verunreinigte. Das Flehen der reinlichen Jungfrau machte sie nur lachen. Sie zog nun weiter; da sah sie eine große buntscheckige Katze sitzen, die mit dem Schwanze in einem Baume eingeklemmt gewaltig lamentierte und zu ihr schrie: „Murxa! mache mich los; der vermaledeite Müller hat mich hier eingeklemmt, weil er meinen schönen Gesang nicht leiden kann; ich heiße Canzone und bin eine italienische Katze und fresse nichts als süße Orangen, und er möchte sie gerne allein essen. Mache mich los, ich helfe dir auch in die Mühle.“ Sogleich machte Murxa die Katze los, die nun hinter sie auf den Esel sprang.

Als sie zur Mühle kam, kamen die Hunde auf sie los und würden sie gewiß zerrissen haben, wenn die Katze nicht von dem Esel herabgesprungen und, von ihnen verfolgt, über die Hecke in des Müllers Garten gesprungen wäre. Während dem schlug Murxa mit dem Hammer an die Türe; aber sie verbrannte sich die Finger, denn der Müller hielt ihn immer sehr heiß, damit sich die Fliegen nicht darauf setzen sollten, die er nicht leiden konnte.

Die Mühle ging auf, Murxa schrie den Müller, der an einem Pulte stand und mit den Fingern die Schläge seiner Mühle mit den Worten: dalderal, dalderal, dalderal, nachtrommlelte, an: „Was klappert Ihr da? Ich wollte Euch besser sagen, wie es lautet: Es ist ein Dieb da, es ist ein Dieb da. Wer ist er? wer ist er? Wer ist er? Der Müller, der Müller, der Mahler, der Dieb." Höflich fragte sie der Müller: „Schelmisches Mägdelein! du scherzest! Sage, was führet dich her auf beschwerlichem Wege zur klappernden Mühle?" – „Was mich herführt? Das ist kurios gefragt. Mehl will ich haben, ennuyanter Kleienfresser! Ihr gebt Euch ein *so douces* Air und wollt immer die Miene eines *honnête homme* annehmen, und dahinter steckt nichts als *Intrigue* und *Filouterie*." – „Komme, mein Töchterlein!" sagte geduldig der gütige Müller, „komm, ich tausche dein Korn dir mit zartem wohlschmeckendem Mehle und geleite zum Garten dich, Jungfrau! daß du dir brechest ein Sträußlein von edlem Gestein, zu Haus die freundliche Mutter mit köstlicher Gab zu erfreuen." – „*Allons,* fortgemacht!" sagte Murxa und folgte ihm in den Garten. Aber kaum war der Müller drin, als er die Katze sah, die auf dem Baume saß und einen zahmen Vogel fraß, den er sehr liebte. Zürnend lief er der Katze nach, die von Baum zu Baum sprang, wozu Murxa nur immer lachte und währenddem sich die Taschen voll Edelsteinblumen brach und die übrigen mit ihren plumpen Füßen zertrat und verwüstete. Endlich war die Katze entflohen, und als der Müller seinen Vogel beklagte und über den fluchte, der die Katze befreit, lachte ihn Murxa aus und sagte ihm, daß sie es getan, worüber der Müller sehr erbittert wurde. Nun trat auch der Hirt mit ganz zerstochenem Gesicht auf und klagte über sein Leid und das geraubte Vieh. Es war des Müllers Sohn. Auch Louise, seine Tochter, kam weinend und klagte, daß Murxa ihren Kessel verdorben, den Kaffee getrunken, die Quelle getrübt habe, und da Murxa sie zu allem diesem auslachte, wurde der Müller erzürnt und warf sie zur Mühle hinaus. Sie kümmerte sich aber um nichts. Das Mehl war schon auf den Esel geladen, mit Edelsteinen war sie bepackt, und hohnlachend ritt sie nach Hause. Am Ende der Mühle sah sie zwei Männer, die sich um einen gefundenen Ring schlugen; da der Ring an der Erde lag, stieg sie ab und wollte ihn für sich stehlen. Aber die zwei Männer fielen nun über sie her und prügelten sie braun und blau, legten sie dann ohnmächtig auf den Esel, der seinen Weg nach Hause verfolgte.

Indessen war Murmeltier mit ihrer Herde schon nach Hause gekommen und stand mit ihrem Spinnrocken unter der Türe im Abendschein. Da kam der Jäger, der ihr die Birnen abgekauft, zu Pferde angeritten, stieg ab und band sein Pferd an das Fenstergitter. Geschwind lief Murmeltier hinein und sagte der Frau Wirx, wer da sei. Sie kam mürrisch heraus; aber der Gedanke, daß der Mann, der die Birnen so gut bezahlt, viel Geld haben müsse, machte sie kriechend und freundlich. „Was verlangt der gnädige Herr Ritter?“ sagte sie, „wer ist Er? womit kann ich dienen?“ Er sprach:

Ich bin Konrad, der müde Mann,
Und sprech Euch um Nachtherberg an.

Da sagte Frau Wirx:

Um Silber und um Gold
Könnt Ihr haben, was ihr wollt.

Da stieg der Jäger ab und sprach zum Murmeltier:

Nun, Jungfrau, liebste Jungfrau mein!
Schenkt mir einen Becher kühlen Wein ein.

Da jagte Frau Wirx das Murmeltier zankend in den Keller nach Wein, den sie bald brachte und dem Jäger mit den Worten darreichte:

Ach Ritter, liebster Ritter mein!
Hier nehmt von mir den kühlen Wein.

Der Ritter aber wollte nicht zuerst trinken und reichte ihr den Becher mit den Worten zurück:

Trink erstlich ab, du roter Mund!
Dann leer ichs Glas bis auf den Grund.

Murmeltier trank ein wenig ab und gab ihm den Becher freundlich wieder, den er austrank. Die Frau Wirx aber jagte sie in die Küche und sagte, sie solle nicht so frech sein. Als der Ritter mit ihr allein war, sprach er zu Frau Wirx:

Frau Wirthin, liebe Frau Wirthin mein!
Ist dies fürwahr Euer Töchterlein?

Sie sagte:

Es ist nicht sowohl mein Töchterlein
Als mein Küchensudel, mein schmutzig
Schwein.

„Nun," sagte der Ritter, „wollt Ihr sie mir heute nacht auf meine Kammer geben, so sollt ihr Geld und Gut haben, so viel Ihr wollt." – „Ihr könnt tun, was Ihr wollt", sagte die böse Frau Wirx. „Nun, so laßt sie mir ein Fußbad

machen und heraufbringen", sprach der Ritter Konrad und ging nach seiner Stube.

Frau Wirx nahm nun eine hübsche Badewanne aus dem Schrank und gab sie dem Murmeltier mit dem Befehl, sogleich ein Fußbad mit Kräutern für den Ritter zu machen und ihm zu bringen. Als sie nun in den Garten ging, Majoran zu brechen, setzte sich auf einmal eine Amsel, die zahm im Haus herumzufliegen pflegte, vor sie auf einen Baum und sang:

In dem Badwännlein bist du hergetragen,
Darin mußt du ihm die Füße zwagen;
Dein Vater starb in Leid und Not,
Deine Mutter grämet sich zu Tod.
O weh! du armes Findelkind!
Weißt nicht, wer Vater und Mutter sind.

Aber sie verstand seine Sprache nicht und wunderte sich nur, daß der Vogel, der sonst immer geschwiegen hatte, so gesprächig geworden war; denn er wiederholte ohne Unterlaß die nämliche Weise. Nun kam der gute Biber und sagte ihr, was die Amsel gesungen, und sie verwunderten sich beide darüber, denn sie verstanden es nicht. Murmeltier aber ward sehr traurig über den Gesang und machte sich allerlei wunderliche Gedanken.

Als sie nun das heiße Wasser über die Kräuter in der Küche ins Badwännlein goß, kam die Mutter Wirx und sagte ihr: „Marsch! packe dich hinauf zu dem Gast, und daß du mir nicht wieder herunterkömmst; du mußt mir heute nacht bei ihm bleiben; er will es haben und giebt mir hundert Goldstücke dafür." – „Ach!" weinte Murmeltier, „er wird mich doch nicht kränken und beleidigen, er war so freundlich gegen mich!" Da flog die Amsel wieder her und sang ihr Lied, worüber sie in große Sorge geriet und nach ihrem Strauß sah, den ihr der Müller gegeben, ob er ihr irgend eine Gefahr andeute; aber der Strauß war frisch und blühend, und sie fürchtete sich nun nicht mehr; aber weinen mußte sie doch aus einer geheimen inneren Schwermut.

Als sie das Bad hinauftragen wollte, zupfte sie der Biber nochmals am Rock und sprach: „Liebes Murmeltier! vergiß mich nicht, vergiß mich nicht; es steht etwas Großes bevor, denn die Amsel singt noch immer." Sie nahm Abschied von ihm

Und trug nun das Badwännlein
Wohl in des Herren Kämmerlein;
Sie fühlt hinein, obs nicht zu warm
Und weint dazu, daß Gott erbarm.
Der Ritter sprach: „Warum weinst du dann,
Schein ich dir nicht ein guter Mann?"
Sie sprach: „Ihr scheint ein frommer Mann,
Ich wein über unserer Amsel Sang,
Ich war im Garten und brach das Kraut,
Da sang die Amsel hell und laut:

‚In dem Badwännlein ist sie hergetragen,
Darin muß sie ihm die Füße zwagen,
Der Vater starb in Leid und Not,
Die Mutter grämte sich schier zu Tod.
Weh! Murmeltier, du Findelkind!
Weißt nicht, wer Vater und Mutter sind.'"

Da sah der Ritter das Badwännelein an
Und sah das burgundische Wappen dran,
Er sprach: „Das ist mein Wappen allein,
Wie kommt die Wanne ins Wirtshaus
herein?"
Da sang die Amsel am Fensterladen:

‚In dem Wännelein ist sie hergetragen.
Weh! Murmeltier, du Findelkind!
Weißt nicht, wer Vater und Mutter sind.'

Da sah Herr Konrad ihr an den Hals,
Und sah da wohl ein Muttermal.
„Gott grüß," sprach er, „du roter Mund!
Dein Vater war König von Burgund,
Christina heißt deine treue Mutter,
Ich, Konrad, bin dein Zwillingsbruder."
Nun knieten sie beide auf ihre Knie
Und dankten Gott bis morgens früh.
Und als nun morgens kräht der Hahn,

Fängt schon Frau Wirx zu rufen an:
„Steh auf, steh auf, du faule Haut!
Kehr deiner Mutter die Stuben aus.“
Da schrie Herr Konrad überlaut:
„Sie kehrt nicht, ist keine faule Haut,
Herein, Frau Wirx! kommt nur herein
Und bringt mir meinen Morgenwein.“ –
Und als Frau Wirx herein nun trat,
Herr Konrad sie gefraget hat:
„Woher habt ihr das Jungfräulein,
Die Königstochter, mein Schwesterlein?“
Frau Wirx ward bleich gleich wie die Wand,
Die Amsel verriet da ihre Schand:

„In dem Lustgarten, im grünen Gras,
Das Kind in dem Badwännlein saß
Auf einem grünen Rainelein,
Spielt mit den bunten Steinelein,
Da kam die böse Wirx ins Land
Und warf ihr hin ein seidnes Band,
So hat die böse Zigeunerin
Gestohlen das zarte Kindelin.“

Herr Konrad ward da hoch entrüst,
Sein Schwert er durch der Frau Wirx
    Ohrläppchen stieß
Und spießte sie fest da an die Wand
Und nahm die Schwester an der Hand

Und nahm sie an dem Gürtelschloß
Und schwang sie auf sein hohes Roß.
Das Badwännlein hing am Sattelknopf,
Die Amsel saß auf des Rosses Kopf.
So ritten sie wohl manche Stund,
Bis in das Schloß, ins Land Burgund,
Und als er in das Tor einritt,
Die Mutter ihm entgegenschritt:
„Konrad! lieber Konrad mein!
Was bringst du mir für eine Braut herein?" –
„Ich bringe keine Braut herein,
Ich bring Euch Euer Töchterlein."
Die Tochter da vom Rosse sprang,
Die Mutter in eine Ohnmacht sank,
Und als sie wieder zu sich kam,
Ihr Kind sie in die Arme nahm.
„O laßt mir das eine Freude sein,
Ich bin Euer armes Töchterlein;
Heut sind es fürwahr achtzehn Jahr,
Daß ich der Frau Mutter gestohlen war;
Frau Wirx, die böse Zigeunerin,
Trug mich in dem Badwännlein hin."
Und als sie sprach, die Amsel sang,
Daß laut die Stimm im Schloß erklang:

„Frau Wirx schreit jetzt: ‚Mein Ohr tut weh!'
Sie will keine Kinder stehlen meh;

Nun laßt vom Goldschmied klar und rein
Mir schmieden ein goldnes Gitterlein,
Wohl schmieden vor das Badwännlein,
Es soll der Amsel Wohnung sein."

So schnell und wunderbar hatte sich das Unglück des armen Murmeltiers gewendet. Sie war nun eine Prinzessin von Burgund und hatte alles vollauf; die Amsel saß in der kleinen Badwanne, die ihr der Goldschmied in einen Vogelbauer verwandelt hatte; aber Murmeltier war doch nicht ganz glücklich. Immer dachte sie an die letzten Worte des guten Bibers: „Vergiß mich nicht! vergiß mich nicht!" – und wenn sie nun gedachte, daß er aus Liebe zu ihr ein Biber geblieben war, so weinte sie oft im stillen, daß sie seinen Bitten nachgegeben und ihn nicht zum Menschen verwandelt hatte. Hierauf kam noch ein trauriger Fall: ihre Mutter, die Königin von Burgund, war durch die plötzliche Freude des Wiedersehens so erschüttert worden, daß sie krank ward und nach wenigen Wochen starb. Ihr Bruder Konrad, der nun der Herr des Landes war, fragte sie oft um ihren Kummer, sie sagte ihm endlich die Geschichte des Bibers, und er machte sich nun auf den Weg, den Biber zu suchen, und tat einen Eid, nicht eher zurückzukommen, bis er den Biber gefunden.

So war sie nun allein und betrübt auf dem Schlosse und sah alle Augenblicke zum Fenster hinaus, ob ihr Bruder nicht bald zurückkommen würde. –

Ich will nun erzählen, wie's unterdessen der bösen Frau Wirx und der Murxa gegangen.

Murxa lag, wie ihr euch erinnern werdet, tüchtig abgeprügelt über dem Mehlsack auf dem Esel, der so langsam unter seiner Last nach Haus schritt, daß er erst vor der Hütte ankam, als Frau Wirx schon mit dem Ohrläppchen an die Wand gespießt und Ritter Konrad mit Murmeltier davongeritten war. Dem Meister Langohr ward es zu lang, bis das Tor aufgemacht und ihm seine Last abgenommen wurde, er schüttelte sich daher aus Leibeskräften und warf die ohnmächtige Murxa mitsamt dem Mehlsack nieder. Da diese in die Brennesseln fiel, kam sie wieder zu sich und hörte nun ihre Mutter lamentieren. So schnell sie konnte, lief sie nun die Treppe hinauf und zog den Degen heraus, womit die Mutter angespießt war. Nun erzählten sie sich beide ihr Unglück unter beständigem Schimpfen auf Murmeltier.

Jetzt will sie der Mutter das schöne Mehl zeigen, aber kaum hat sie den Sack geöffnet, als lauter häßliche Stechfliegen heraussummen und sich ihr und der Mutter ins Gesicht setzen und sie zerstechen. Nun konnten sie sie nicht wieder loswerden, bis sie sich beide in ein Faß Wasser setzten und die Fliegen ersäuften. Nun wollte sich Murxa mit ihren Edelsteinen trösten und schmückte sich mit ihnen von oben bis unten und legte sich, so auszuruhen, ins Bett. Kaum aber war sie eingeschlummert, als sich alle die Edelsteine in Hornisse und Wespen verwandelten und sie so zerstachen, daß sie das eine Auge drüber verlor. Die Mutter kam auf ihr entsetzliches Geschrei und wußte sich keine andere Hilfe, da die Wespen sie auch zerstachen, als daß sie ein großes Feuer auf dem Herd machten und sich beide auf den Schornstein in den Rauch setzten, wodurch sie, nachdem sie ganz schwarz geräuchert waren, endlich die beschwerlichen Tiere los wurden. Da oben im Rauchfang sagte nun Frau Wirx: „Warte, mein Kind! jetzt fällt mir ein Mittel ein, wie wir uns an dem falschen Murmeltier rächen. Laß uns unser Haus hier verbrennen und zu ihr nach Burgund ziehen. Wir erzählen ihr unser Unglück und flehen sie höflich an; sie ist eine so dumme Gans, sie kann keinem Menschen etwas abschlagen.“ Nun begaben sich Frau Wirx und Murxa herab und verbrannten das Haus, machten ihre besten Sachen zusammen, nahmen den Rocken und den Schäferstab des Murmeltiers und das seidene Kleid, das ihr Frau Lureley gegeben, und schlugen den Weg nach Burgund ein.

Unterwegs kamen sie abends zu einer alten Base der Frau Wirx, die in einem abgebrannten Dorf auf dem Kirchhof wohnte, bei der übernachteten sie und erzählten ihr ihr Vorhaben. Da schenkte ihnen die Alte eine Wachskerze von Menschenfett mit einem roten und einem weißen Docht und sagte ihnen, wenn sie die anstecken würden, so müsse Murmeltier sterben. Vergnügt über dies Geschenk setzten sie ihren Weg fort und kamen, nachdem sie bei drei Monaten unterwegs gewesen, endlich nach Burgund vors Schloß.

Es war gerade der Ort im Lustgarten, wo Frau Wirx vor achtzehn Jahren die Prinzessin geraubt hatte, und heute war gerade der Tag und die Stunde. „Hier“, sagte Frau Wirx, „laß uns unsere Heuchelei anfangen“ – und nun setzten sie sich beide in das Gras und weinten. Murmeltier wollte zum Andenken den Ort besuchen und ihr trauriges Geschick beweinen; denn immer war ihr Bruder mit dem Biber noch nicht zurückgekehrt. Als sie nun zu der Stelle im Garten kam, sah sie Frau Wirx und Murxa an der Erde liegen und weinen. Sie stellten sich, als wenn sie Murmeltier nicht bemerkten, und schrieen immer fort: „Ach! wir Unglücklichen! Ach! daß wir die arme Prinzessin so gekränkt; Gott hat uns gestraft, wir sind um alles gekommen, das Feuer hat uns alles geraubt.“ Murmeltier konnte sich der Tränen nicht enthalten. Die Frau und die Tochter, die sie so lange für Schwester und Mutter gehalten, rührten sie. „Stehet auf,“ sprach sie, „ich verzeihe euch von Herzen.“ – „Ach!“ schrie Frau Wirx, „ist es möglich? Sieh, hier haben wir dir auch deinen Hirtenstab und Spinnrocken und dein schönes Kleid mitgebracht; alles andere ist uns verbrannt! Das haben wir allein gerettet!“ Murmeltier dankte herzlich, umarmte beide und nahm sie in das Schloß, kleidete sie neu an, machte sie zur Obersthofmeisterin und Murxa zur ersten Hofdame.

Da die zwei bösen Weiber allein in ihrer Stube waren, lachten sie herzlich über die Dummheit des guten Murmeltieres – so nannten sie ihre Güte – und Frau Wirx sagte: „Nur nichts merken lassen, Murxa! wir wollen unser Glück hier noch aufs höchste treiben.“ So mißbrauchten sie heuchelnd und schmeichelnd mehrere Wochen die Güte der frommen Murmeltier.

Eines Abends ging diese allein am Rhein spazieren und spann an ihrem Rocken, und dachte an ihren Bruder, als sich auf einmal auf der entgegengesetzten Seite ein Ritter auf einem weißen Rosse ins Wasser stürzte. Murmeltier eilte mit ausgebreiteten Armen gegen den Strom und schrie: „Ach! Konrad! Konrad! bringst du meinen Biber mit?“ Aber der Biber konnte den langsammen Schritt des Rosses nicht abwarten und schwamm ihm voraus und lag zu den Füßen der jubelnden Prinzessin, die nicht länger zögern wollte und ihn mit ihrem Strauße berührte, worauf er so gleich als ein schöner junger Fischer zu ihren Füßen lag. „Gnädige Prinzessin!“ rief er aus, „ach! hättet ihr mich einen Biber bleiben lassen; ein Biber darf wohl um Euch sein, ein armer, niedriger Fischer ist zu geringen Standes für Eure Würde.“ – „Ei, was Würde!“ schrie Murmeltier, „Ihr seid mir der Liebste auf der Welt!“ und umarmte ihn. Nun kam auch Konrad auf seinem Rosse ans Land und umarmte seine Schwester und fragte: „Ei! wo ist denn der Biber?“ – „Hier ist er,“ sagte Murmeltier, „hier dieser Fischer, ich habe ihn gleich wieder zum Menschen gemacht.“ Konrad ließ sich alles erzählen und erzählte auch, wie er den Biber in der ganzen Welt gesucht und ihn endlich bei Biberich am Rhein gefunden. „Ja,“ sagte der Biber, „als Murmeltier fort war, wollte ich auch nicht mehr in jenem Lande bleiben und zog, nachdem ich lange vergebens sie suchend herumgeirrt war, endlich in die Gegend von Mainz und legte mir dort einen Bau an, wo er mich vor drei Tagen gefunden hat."

Nun begaben sie sich in das Schloß, denn Konrad klagte über Frost und Nässe, weil er über den Rhein geschwommen. Sie brachten ihn auf seine Stube und pflegten ihn, der Fischer Biber blieb bei ihm. Auf einmal in der Nacht pochte etwas an Murmeltiers Stube. „Wer ist draus?" rief sie. „Geschwind, geschwind, liebe Prinzessin!" rief der Biber, „kommt zu Eurem Bruder." Murmeltier warf schnell einen goldnen Schlafrock um und eilte in Konrads Kammer, aber der war dem Tode schon nah. „Ach!" sagte er, „liebe Schwester! ich habe mich gestern im Rhein erkältet nach dem heftigen Ritt, und muß nun sterben." Murmeltier weinte sehr, aber Konrad nahm ihre Hand und legte sie in des Fischers Hand und sprach: „Ich gebe euch einander, seid glücklich und regiert das Land!" und somit starb er in ihren Armen. Man begrub ihn zu der Mutter; beide hatte die Freude getötet.

Murmeltier ließ am folgenden Morgen dem Fischer prächtige Kleider anlegen, versammelte das Volk und kündete ihnen ihr Glück und Unglück an. Alles brachte seine Glückwünsche und Beileidsbezeugungen, auch Frau Wirx und Murxa heucheln und bringen ihre Wünsche dar.

Nun war die Trauerzeit verflossen, man machte Anstalt zur Hochzeit, und als der Hochzeitsabend kam,

sagte Murmeltier zum Fischer: „Lieber Biber! wir wollen heute nacht nicht in die Brautkammer gehen, wir wollen jeder in seiner Stube beten."

„Ja", sagte der Biber, und beide gingen nach ihrer Kammer.

Frau Wirx hatte indes die garstige Murxa angeputzt und verschleiert und legte sie heimlich ins Hochzeitsbett mit der Absicht, das arme Murmeltier nachher mit ihrem Zauberlichte zu töten, und so ihre häßliche Tochter zur Königin zu machen.

Während sie dies aber tat, sah Murmeltier an ihrem Betstuhl knieend ihren Edelsteinstrauß plötzlich welk und blaß werden. Schnell fielen ihr die Worte des Müllers ein, sie lief und holte das Licht, das er ihr gegeben, und ging damit nach der Frau Wirx Kammer, wo sie das ähnliche Licht schon auf dem Leuchter stecken sah. Sie verwechselte nun die beiden Lichter und ging nach ihrem Betstuhl zurück. Da sah sie ihre Blumen wieder frisch und gesund, wofür sie Gott herzlich dankte.

Kaum hatte Frau Wirx die häßliche Murxa in das Brautbett gelegt, als sie nun das Zauberlicht ansteckte und sich zu Bett legte. Auf einmal hörte sie im Schlafe eine Stimme:

Weh! Weh! ich vergeh,
Weh! ich sterbe,
Ich verderbe;

Ganz in Schmerzen
Brenne ich gleich einer Kerzen.

Da wachte Frau Wirx auf. Als sie aber das Zauberlicht noch brennen sah, sagte sie: „Schon gut, schon gut, bald wird es aus mit dem Murmeltier sein.“ Dann schlief sie ein, und nach einer Stunde hörte sie wieder:

Weh! Weh! ich vergeh,
Weh! ich sterbe,
Ich verderbe;
Schon am Herzen,
Zehret mir die Zauberkerzen.

Da wachte sie wieder auf, und als sie das Zauberlicht bis auf den letzten Docht herabgebrannt sah, sprang sie auf, warf es an die Erde und trat das Licht aus mit den Worten:

Sterbe, Licht,
Das Herz bricht
Zu dieser Frist,
Wider das du gemacht bist.

Nun war sie versichert, daß Murmeltier tot sei, und schlief ruhig wie eine Ratze schnarchend.

Am Morgen war große Versammlung am Hofe angesagt, das Ehepaar zu begrüßen. Sie als Obersthofmeisterin mußte die Herrschaft empfangen. Sie legte sich in den größten Staat und trat mit der hoffärtigsten Miene in den Audienzsaal, fest versichert, nun ihre Tochter als Königin hereintreten zu sehen.

Alles war versammelt, die Türe öffnete sich: Biber führte nach der Sitte des Landes seine Frau verschleiert herein. Die Obersthofmeisterin Wirx mußte ihr den Schleier abnehmen. Sie ging triumphierend auf sie los und, fest überzeugt, ihre Tochter als Königin zu präsentieren, hob sie den Schleier weg – und tat einen lauten Schrei, als sie Murmeltier heil und gesund fand. Wütend lief sie nach der Brautkammer, riß die Vorhänge des Brautbettes auseinander, und als sie da ihre Tochter zu Kohlen verbrannt sah, gestand sie ihre gräßliche Tat der ganzen Versammlung, die ihr gefolgt war, und sprang rasend, ehe man sie halten konnte, von dem Schloßfenster hinab in den Rhein.

Nun ging der König und die Königin und der ganze Hofstaat in die Kirche, Gott für die abgewendete Gefahr zu danken, und regierten ein Jahr lang ihr Volk ruhig.

Doch währte das nicht lange. Ein benachbarter König wollte den Biber nicht als Regenten über Burgund anerkennen und zog mit einem großen Kriegsheer ins Land, wo er eine große Partei unter dem Adel hatte. Der Aufstand ward allgemein, der Biber sagte da zu Murmeltier: „Wenn du nicht wärst, so wüßte ich wohl, was ich täte." – „Was würdest du denn tun?" – „Ei! ich würde", erwiderte Biber, „zu dem närrischen Volke sagen: Laßt euch regieren, von wem ihr Lust habt, und würde weggehn und ein Fischer sein nach wie vor." – „Von Herzen bin ich das zufrieden", sagte Murmeltier und umarmte ihn und nahm ihre Spindel und ihren Schäferstab und die Amsel in dem Badwännlein, und was sie sonst hatte, und trat mit ihrem Fischer vor das Volk und sagte: „Lebt wohl, allerliebste Untertanen! Laßt euch regieren, von wem ihr wollt", und verließ mit ihm das Land. Anfangs bauten sie ihre Fischerhütte, wo der Biber am Rhein war wiedergefunden worden, und nannten den Ort Biberich; dann zogen sie hierher nach Mainz und lebten glücklich; der Himmel schenkte ihnen ein Töchterlein, das hieß Ameleychen. –